加藤克巳の百首

生きていることの美しさ

歌人入門⑩

久々湊盈子

目次

加藤克巳の百首　3
解説　歌人加藤克巳の出立　204

加藤克巳の百首

のばす手にからまる白い雨のおと北むきの心
午《ひる》を眩《くら》みぬ

001

第一歌集『螺旋階段』の巻頭歌である。発行されたのは昭和十二年十月一日。克巳は國學院大學国文科に在籍中であった。昭和十年、早崎夏衛、岡松雄らと「短歌精神」を創刊し、「新芸術派運動」に入っていった克巳は西脇順三郎らの詩壇のシュールレアリスム運動に大いに共感し、既成の短歌に飽き足りない思いを抱いていた。手を伸ばして何かを摑み取ろうとし、詩の極北を目指そうとする心は、白昼、身うちから突き上げるような思いに眩むのだ、という若者の心象風景がまず提示されている。

『螺旋階段』

4—5

工夫等の鉄路にかざすハンマーの揃ひて光る
春の午すぎ

短歌は昭和四年、埼玉県の浦和中学に入学してから作り始めていたが、国漢の教師であった髙橋俊人の指導をうけるようになり、髙橋の主宰する「菁藻」に入会して、会誌の発行の手伝いに日曜日のたびに主宰の家に通った。「菁藻」に掲載されたこの歌は後に習作期の作品をまとめた『青の六月』という歌集に収録されている。天気のよい春の午後、力強い音を立てながら工事をしている男らがいっせいに振り上げたハンマーが光って見えたという叙景歌だが、無駄がなく、労働への憧れも感じさせる。初心の作としてはなかなかと言えよう。

『青の六月』

まつ白い腕が空からのびてくる抜かれゆく脳
髄のけさの快感

003

青い空から伸びて来た腕に脳髄が抜かれてゆくという思い切った想定である。うしろ頸の凝りがほぐされてゆくような快感。ダリのシュールな絵画を見るようだが、脳髄というおよそ短歌にはそぐわない語が、一首の核となって逆に説得力がある。ここで思い出すのは北原白秋の〈大きなる手があらはれて昼深し上から卵をつかみけるかも〉（『雲母集』）という一首である。いずれの場合も大空の上から手が伸びて下のものを摑むという発想は、雲間から真っすぐに太陽光線が降りている光景を見た時に得たものかもしれない。

『螺旋階段』

もやのなかにあをい體臭をうるませて埠頭に
ダミアの唄声を拾ふ

「港・靄・石」という小題七首の中の一首。暗い夜の埠頭が目に浮かぶ。軍の主導による戦争の影が忍び寄っていた時代である。ダミアは大正から昭和初期にかけて活躍したシャンソン歌手。日本でも「人の気も知らないで」や「暗い日曜日」などが一世を風靡し、その暗いしゃがれ声に引き込まれるように自殺者が増えたとまで言われたという。「あをい體臭」とは青年の感傷をいうのであろうか。埠頭は国外に送られてゆく兵の万感の思いが残るところであり、靄の中に流れるダミアの唄声、と暗い時代を象徴するかのような一首になっている。

『螺旋階段』

旗ばかり人ばかりの駅高い雲に弾丸《たま》の速度を
見送つてゐる

005

新芸術派運動に参加し、果敢に伝統短歌に揺さぶりをかけようと意気込んでいた克巳であったが、時代は戦争前夜とでもいうべき空気に包まれていた。昭和十一年には二・二六事件が、翌十二年には日中戦争が起こり、内外の情勢は予断を許さない状況だったにちがいない。出征兵士を見送りに来て、大勢の縁故者や軍関係の人々でごった返している駅。人々が手に手に打ち振る日の丸の小旗。ざわめく駅を背景に作者の視線は空高く浮く雲をとらえる。そして発射されてしまった弾丸のように、もう止めようがなくなった時代の行方を見ているのだ。

『螺旋階段』

截リキザム白紙ノ艶《ニホ》ヒアタラシキ光ノナカヘ
夢ヲナゲコム

カタカナと漢字の配置が存分に考えられた一首である。まず「截リキザム」とK音のきっぱりした歌い出しで緊張感を出し、白紙がこまかく切り刻まれてゆく時の匂いまでを序詞として、「アタラシキ光」を引き出す。そこへ「夢ヲナゲコム」と言うのだ。「艶ヒ」を「にほひ」と読ませて、硬くなりそうなカタカナの歌にニュアンスを与えているのも巧みだ。新しい文芸の世界へ踏み込んでいこうとする青年期の気概に満ちていると言えよう。後には漢字ばかりの歌もあるが、さまざまな表記にも心を砕いた克巳の初期の新鮮な試みの歌である。

『螺旋階段』

莨のけむりからまる幹は伸びたちてわれの左
手まひのぼりゆく

007

後に刊行された『青の六月』という初期作品を集めた歌集の中に〈てえぶるに截り捨てた腕這ひだして青いけむりをつかみたりけり〉という一首がある。巻頭の歌もそうだが、身体から独立した腕とけむり、といった構図が気に入っていたようで、同じような発想の歌がいくつか見られる。いずれも超現実的な絵画を思わせるような作りだが、字面をそのまま追ってもつまらない。ぼうとした春の昼、なんということもなく吸っている莨のけむりが近くの木に沿ってたゆたっているという、抑圧された時代の気分からしばし解放された心象風景とでも読めばいいだろうか。

『螺旋階段』

16—17

ひるひなかさけのんでゐるひねくれた骨たた
きつつさけのんでゐる

漢字は「骨」だけ。いかにも昭和初期の無頼な青年像というものが立ち上がってくる。ひるひなか、である。一人で飲んでいたらまるでアルコール依存症のようだが、数人で文学論でも戦わせながら盛り上がっているという場面だろう。さまざまに表現方法を模索していた克巳であるが、このように口語でコントのように言い放った歌はまだ珍しい部類だったと言えよう。ひるひなか、ひねくれた骨たたきつつ、とあくまでも明るい。歌壇でも有数の酒豪であったが、飲んで人格が変わるということもない。鼻先を赤くしながらの談論風発の士であった。

『螺旋階段』

この視覚よりみたるうつくしさ南方のしろい
雲のなかできみをとらへる

南方の、というのは文字通り南の方角をいうのか、もしくはどこか南洋の島の明るい浜辺などを思ってもいいのだろうか。『螺旋階段』では克巳が自分自身の感覚にこだわり続けていて、他者はほとんど顔を出さない。その中でこの一首だけは「きみ」という、おそらくは恋人が詠われている。カメラのファインダーをのぞいているのか、「この視覚よりみたる」きみの美しさに感動している青年の純粋さはとても好ましい。明るい歌はあくまでも明るく表現する。漢字と平仮名の配分にも気を配り軽い感じに仕立てている。

『螺旋階段』

焦躁と苦慮の幾年か今病みて病院の一室にう
るみがちでゐる

國學院大學を卒業後、昭和十三年に入隊、北満の孫呉に派遣されて以来、あしかけ七年の軍隊生活の間、克巳はほとんど歌を作っていない。戦後、いち早く近藤芳美や宮柊二、大野誠夫、香川進らと「新歌人集団」を結成して再び作歌を始めたのだが、現実生活のきびしさに翻弄されて、前集のような実験的な作品はおろか納得ゆくような歌はできなかったと後記に記している。おまけに戦中戦後の無理がたたって約二年間の闘病生活を強いられることになった。したがって『エスプリの花』の前半には病と実生活の苦しみを吐露する歌が多い。

『エスプリの花』

つき放されて貨車ひとつ走る構内のかなたの
空よ明日《あす》へひろがれ

汽車がまだ石炭で走っていた時代。操車場で機関車から離された貨車がそのまま勢いで走ってゆく光景を見たことがある。傾斜が計算されていたのかもしれないが、向こうに連結を待っている車輛があったのだろう。佐藤佐太郎にも同じような光景を詠った〈連結をはなれし貨車がやすやすと走りつつ行く線路の上を〉(『歩道』)という歌があるが、いずれも群れから解放されて単独となった喜びが感じられて心地よい。克巳の歌ではさらに「かなたの空よ明日へひろがれ」と続けて、実人生の厳しさにまみれながら明るい希望ある明日を渇望する思いが切である。

『エスプリの花』

東より雲きたり形くづす幾時か君を恋ひア
ヴァンギャルド運動を恋ふ

一家の長男である克巳は父親がおこした埼玉ミシン工業の苦境を見かねて、昭和二十三年、教員を辞めて入社。社を立て直すべく社員と共に油にまみれながら工場で働いた。時代の荒波に揉まれ、不渡りを出してあわや倒産という事態になった時には金策に駆けずり回るといった日々で、一緒に出発した歌の仲間に遅れをとってしまったのは仕方ないことであった。しかし、現実生活の桎梏のなかで屹立したこの一首は、二度の句切れと「君を恋ひアヴァンギャルド運動を恋ふ」という対句がリズムとなって勢いよく読ませて愛誦性に富むと言えよう。

『エスプリの花』

孔雀は決して羽根をひろげないそんな生やさ
しい世ではないのだ

動物園で孔雀を見たことがある。ケージの前でしばらく眺めていたが、なかなか羽根を広げて見せてくれない。それもそのはず、孔雀が羽根を広げるのは春から夏にかけての繁殖期にメスに求愛するためで、あの美しい羽根を持っているのはオスなのだそうだ。いくら見物客がいても孔雀は容易に羽根を広げてサービスしてくれはしない。と同じように人間界でも願ったことがそんなに簡単に叶うことはない。期待される新人として短歌の道を歩みはじめた克巳であるが、歌壇には旧弊な先人が多かったから生やさしいことではなかったにちがいない。

『エスプリの花』

石一つ叡知のごとくだまりたる雨のまつただ
中にああ光るのみ

埼玉県与野市（現・さいたま市）にある加藤邸の庭にあった池のほとりに、ソクラテスの首と名付けられた大きな石が据えられていた。克巳はたびたびこの石を詠み、石の歌人とまで言われた。叡知のごとく、とはソクラテスのことかと思うが「沈黙は金、雄弁は銀」という西洋のことわざも思われる。なにごとか心に鬱屈のあるとき、その大きな石の無言に真向かい思索に耽ったのだろう。青春の息吹であったかつての芸術派の精神がリアリズムの洗礼を受けてこの一巻にまとまったと後記にあるが、この一首あたりから克巳の歌は再び胎動を始めるのである。

『エスプリの花』

億兆の波の反覆をききながら岸壁にしがみつ
いてゐるのは誰だ

「ぼくにあつては短歌は慰めであつてはならない。生活からの逃避であつてはならない。新鮮な短歌を作りたい。生きる勇気をそそる様な短歌を作りたい」。抒情に流れやすいリアリズムの波をくぐってまた新しい短歌の方法を模索しはじめた克巳は、後記にこう記している。仕事の方も国際競争に負けない優秀なミシンを作るべきだという主張のもとに外部からの指導を仰ぎ、北米への輸出ができるまでに品質を向上させたのだった。億兆の波とは人類が繰り返してきた歴史の謂だろうか。そこにしがみついているのは、わたし？　それともあなた？

『エスプリの花』

子を生みてうつろなひとみアネモネの紫色よ
り更に戀《こほ》しき

昭和二十四年六月、隆子夫人が第一子である長男を出産した。克巳三十四歳、夫人は三十歳のときである。結婚してすでに八年が経過しており、夫婦仲はきわめて良かったのだが子供が出来ないことを気に病んでいた夫人はもちろん、克巳も喜び、また安堵したにちがいない。弟子の目から見ても隆子夫人は親族会社の長男の妻として、また歌人加藤克巳を支える陰の大いなる力としてこれ以上ない存在であった。自宅出産であったというから、産後すぐの歌であろうか。渾身の力を振りしぼって吾子を生んでくれた妻を見る克巳の潤んだ目が見えるようだ。

『エスプリの花』

鶴はしづかに一本の脚でたちつづけるわらひ
のさざなみにかこまれながら

池のなかに、あるいは動物園の囲みのなかに一羽の鶴が立っている。かこまれながら、というのだから周囲には人々がいてその鶴を眺めている、といった図が思われる。鶴という鳥にはなにかしら辺りをはらうような気品がある。そのうえ、野生でも二十年から三十年生きるといわれて古来、長寿の象徴として敬われてきた。だからこの場合の「わらひ」とは哄笑というのでもなく、もちろん嘲笑ではない。幸せそうな一団の談笑のなかに揺らぐことなく一本の脚で立ちつづける鶴。やんごとない貴人の姿が投影されているのかもしれない。

『宇宙塵』

濁流に杭一本が晩秋のあらき光をうけとめて
ゐる

台風の去った後の光景だろうか。比較的大きな川が増水し濁った水が逆巻きながら流れてゆく。と、見ると岸近くに杭が一本頭を出しており、そこに晩秋の陽が当たっている。何ということのない描写のようだが、濁流、杭一本、晩秋と緊張感のある語を並べ、下句はさりげなくまとめて寂しさを感じさせる。ここには高度成長期に入る前のきびしく荒廃した気分が感じられ、濁流は時代の流れ、杭一本とはそこに抗いながら立っている作者の姿、と読んでみたいと思う。このこのちの飛躍を期してじっと耐えていた杭なのである。

『宇宙塵』

七階からみおろす午後の　がらくたのあ　の
ごみどもの　虫けら達の　ああめちゃめちゃ
の東京の街

さて、これは加藤克巳独自の世界。短歌の定型性とは「五句三十一音の短歌定型に対して、定型を中心とした一定の振幅をえがく範囲内であること。言えば短歌定量、短歌概量といったものなのだ」と言う主張（「新しい短歌様式への道」）のもとに作られた一首である。六・七・六・六・七・七・七の四十六音という、克巳短歌の中でも一、二を争う長さ。高層の窓から見下ろしてみれば、東京という街はまさに整合性がなくめちゃめちゃで、おもちゃ箱をひっくり返したかのようだ。ここに言われる「ごみどもの虫けら達」に克巳は含まれるのだろうか。聞いてみたい気がする。

『宇宙塵』

眼つむればつねに海鳴りがきこえ来て清き勇
気を清き勇気を

昭和五十一年、宮城県気仙沼市の湾内に浮かぶ大島の安波ヶ丘自然公園に、地元の「個性」会員が中心になって建立された克巳の第一歌碑に刻まれた一首。当時、気仙沼には「個性」の会員が多くいた。港と大島を結ぶフェリーの船長や大島郵便局の局長、民宿の亭主や遠洋漁業に出てゆく船の乗組員の妻もいた。新しい短歌、俗にまみれない新しい詩的構造の短歌を生み出すために勇気をもっておのれを信じて進んでゆくのだ、と主張してやまない主宰の歌は、信奉する会員の心に感銘を与えたが、歌壇の主流とはなり得ない憾みがあった。

『宇宙塵』

にび色の秘密色の丘の象形文字原始たそがれ
永遠未来

にび色とは薄墨色、また濃い鼠色をいう。昔の喪服には黒ではなく、にび色を用いたと辞書にある。黒に比べるとにび色はなかなかにニュアンスに富んだ上品な色といえるだろう。まだ暮れきらない黄昏どきの丘のうえ。ものの形がぼんやりとしてきたところ、作者はふと古代の象形文字を思ったのだ。そこから原始という語が導き出され、あとは「原始たそがれ永遠未来」と一気に詠み下している。この時期、「小詠嘆を否定し、大詠嘆を意志の力で詠んでいきたい」とあとがきに記す克巳の直観力がみなぎった一首と言えるだろう。

『宇宙塵』

雁来紅燃えのきはまり地殻よりわななく声の
まっぴるまなり

秋、まっかな葉鶏頭が立っている。雁が渡ってくる頃に鮮やかな紅になるから雁来紅と呼ばれる植物だが、結構な高さまで伸びるから、ひとかたまりの炎が立っているかのごとき量感であったのだろう。それは地底から誰かがわななくような声をあげているのかと思うくらいに鮮烈な赤だという。戦争を経験した者にとっては戦場に果てた仲間の兵士の声とも、また相手国の兵士や無告の民の声とも思われたかもしれない。葉鶏頭の赤から血を連想し、さらに死そのものを思い、その怨念のようなわななく声を想像する。一読、忘れ難い一首である。

『宇宙塵』

叫ばんかかの抽象のかの雲の楡のまうえのた
まらなき朝

第四歌集『球体』冒頭におかれたこの一首は、これから開陳される短歌群を象徴するものと言えよう。日常を連綿と詠う、いわゆるトリビアリズムからの脱却を試みつづける克巳の心からほとばしり出たかのような「叫ばんか」という初句は、おおげさでもなんでもない。たとえばからりと晴れた秋の空を思ってみる。楡の木の真上に雲が、不定形な抽象の雲が浮かんでいる。なんという気持ちの良い朝だろう。見上げているとこれから挑もうとしている文学への新たな地平が見えるようで、内部から突き上げるようなたまらない衝動を感じるのだ。

『球体』

不気味な夜の　みえない空の断絶音　アメリ
カザリガニいま橋の上いそぐ

アメリカザリガニは昭和になってから食用蛙の餌として日本に持ち込まれた。旧来のザリガニと比べて大きく、体色は赤や褐色でハサミを振り上げた姿は結構、威圧感がある。この頃、アメリカは旧ソ連と宇宙開発の技術を競っていたのだが、最初に人工衛星の打ち上げに成功したのは旧ソ連であった。後記に「あるとき、スプートニクの発する不思議な、あの遠い断絶音を（略）ラジオを通じ、現《うつつ》のこの耳でまさしくきいた」とある。一歩遅れをとったアメリカが宇宙開発に躍起になっているさまをザリガニの姿に喩えた、巧妙で少し愉快な歌である。

『球体』

歪形歯車の　かんまんなきざみの意志たちの
冷静なかみあいの、——この地球のこのおも
いおもい午後

9・9・5・10―6・5・5という何とも長い歌であるが、口に出してみると意外にリズミカルに読める。つまり、4・5　5・4・5・5・5―6・5・5と細分化して読んでみればその理由がわかるというもの。実に計算し尽くされた構成になっているのだ。歪形歯車とは歪な欲望にとらわれた人間の暗喩であると思ってみれば、それぞれの思惑が絡み合い、心中ひそかに相手を侵すチャンスをうかがっていると読める。そうなのだ。たったひとつしかない地球に繰り広げられる心理合戦の重い重い午後である。

『球体』

ボタンは一瞬いっさいの消滅へ、ボタンは人
類の見事な無へ、――ああ丸い丸いちっちゃな
ポツ

ボタンひとつで地上のもの一切が消滅する核の時代が来ていた。米ソは競って核実験を繰り返し、イギリス、フランスなどでも核は作られていた。ここで作者は核爆発が起きたときの世界を夢想する。それはたった一人の誰かの指先が丸い小さなポツを押すだけで完結するのだ。それだけで瞬間、人類は見事なばかりに消滅し、あとはいっさいの「無」が訪れる。この実に重い内容を表現するには、旧来の伝統的で抒情的な短歌の定型ではとても間に合わない。強くアピールし、逆説的に「見事な無へ」と言うしかないのではなかったか。

『球体』

あかときの雪の中にて石割れた

「力」と小題のつく一連四首の最後に置かれている歌。

雪に埋もれたふかきねむりの石のなかのくらい
しずかな力であるか
断絶のよろこび石はふかぶかと大雪のなかにう
もれていたる
ぐみいろのしだいにはげしい回転が石の内部に
育っていった

「短歌だと作者が思えば短歌なんだよ」と何度も聞いた。空白を生かした十四文字の歌である。静寂そのものの雪の朝。作者は石と対峙して何を受け取ったのだろう。

『球体』

永遠は三角耳をふるわせて光にのって走りつづける

克巳短歌の大きなテーマの一つに「時間」への関心がある。千三百年の長きにわたって続いてきた短歌は、どうしても牢固とした伝統の殻から抜け出すことが出来ない。いかにして今日有用な短歌を作り、他に感銘を与え高めることができるか。長い時間の間に短歌定型が身にまとい過ぎた「短歌らしさ」からどう自由になるか。克巳は考え続ける。原始から過去、現在を通過して未来永劫まで続いてゆくべき短歌を。「永遠」は無窮の果てまで走り続けてゆくというこの歌は、克巳邸の近くの鈴谷東公園にステンレスの鋭角な歌碑となって立っている。

『球体』

春三月リトマス苔に雪ふって小鳥のまいた諷
刺のいたみ

『球体』のなかで個人的にいちばん好きな歌である。まず「春三月」という気持ちのよい歌い出しから、リトマス苔という知的な科学用語、そこに降る雪の白、小鳥の可愛い動作といった内容のすべてが心地よい。小鳥のまいた、というから小さな足跡が新雪のうえに残って、あたかも何かへのちょっとした伝言のようにも思われたのかもしれない。大上段に振りかざす諷刺ではないが、忘れがたく心に残る小さな諷刺なのだ。こういった愛誦性のある抒情的な歌は『球体』では比較的珍しい。初句切れ、体言止めという構造も効果をあげている。

『球体』

かん馬一瞬ハガネをけってぎんぎらの朝の世
界へ飛び出してゆく

なんとも心地よい勢いのある一首だ。悍馬、駻馬、どの字を当ててもいいが、気質が荒くて制御しにくい暴れ馬である。それがハガネを蹴って飛び出してゆくという一瞬の光景。ゲートが開いて競走馬がいっせいに走り出す場面を思ってもいいだろう。かん馬、ハガネ、ぎんぎら、と硬質な音を重ねて鮮烈な空気を感じさせる。この歌に深読みは要らないだろう。語の斡旋力の鋭さを感ずればいいので、高度成長期に入った日本経済の、成功を夢見て逸る青年の姿、などといった小賢しい講釈など抜きに味わってみたい。

『球体』

いびつな氷塊はこびこまれてまっくらな地階
からラジオがレバノンレバノン

『球体』が出版されたのは一九六九（昭和44）年。中東はいつでも紛争のるつぼのようなものであるから、この歌が作られた時代がいつであるかなどという推測は無用のことだろう。角が溶けかけていびつになった氷がやっとこで挟まれて暗い地階へ運び込まれてゆき、地表に立つ作者の耳にラジオニュースが聞こえてくる。早口でレバノンレバノンと繰り返すアナウンサーの声が国際紛争の緊迫感を感じさせる、などとまことしやかに意味を探ってはつまらない。「レバノンレバノン」という声が読み終えた今も耳から離れない、それだけでいい。

『球体』

樹氷きららのなだれのはての海のはての空の
はたてのきららのきらら

真冬、すっかり葉を落とした木に霧が運んだ水滴が凍りついて氷の層をなし、まっ白な花が咲いているかのように見える。これが樹氷である。その樹氷に太陽の光があたると、きらきらとまばゆく輝く。スキー場のうえからの眺めだろうか。リフトを降りて目をやると遠い向こうに海が見え、それもきらきらと光っている。頬を刺すような冷たい空気の中で樹氷と遠い海のきらめきに思わず「樹氷きららの」と口をついて出た。「き」という尖った音と「らら」という明るく軽快な音の繰り返しがこれ以上ない心地よさを呼んでいる。

『球体』

白日下変電所森閑碍子無数縦走横結点々虚実

漢字ばかりの歌。この歌ですぐ思い出すのは昭和四年、朝日新聞社の企画で歌人四名が当時まだ珍しかった軽飛行機に乗って「空中競詠」をした時の斎藤茂吉の歌〈電信隊浄水池女子大学刑務所射撃場塹壕赤羽の鉄橋隅田川品川湾〉である。克巳は当然、この歌を意識していただろう。茂吉の歌は飛行機の窓から次々目に入る光景を詠んだものだが、こちらは真夏の無人の変電所を点でつなぐように描写している。克巳が敬愛してやまなかった瑛九の画風を思わせるような表現で、名詞の羅列によって情景がくっきりと読み手に手渡されるようだ。

『球体』

かなしみとおかしさが一緒にやってくるトラ
ンペットトランペット野から山から

ニニ・ロッソの「夜空のトランペット」を思い出すまでもなく、トランペットという楽器の音色は哀愁をおびて孤独な心に沁みわたるし、また逆に軽妙に吹くと踊り出さんばかりの楽しさを演出する。まさに「かなしみとおかしさが一緒にやってくる」楽器と言えよう。ここでは「トランペットトランペット」という繰り返しが明るさを強調し、サーカスの楽団が先ぶれの音楽を鳴らしつつやってくるかのような心弾みが感じられる。克巳の持つ屈託のない生来の明るさが生んだ一首として、門弟でこの歌を愛誦歌としている人も多い。

『球体』

カットグラスノキラメクハエスプリノハナア
タラシキアキカゼデアル

カタカナだけの一首。もちろん、ここには克巳の強烈な主張がある。まずカ行（K音）の言葉を多用して角張った硬質な雰囲気を出し、次にエスプリというフランス語の洒落た音感がいかにも「機知」を思わせる。試みにこれを漢字まじりの平仮名表記にしてみると、〈カットグラスのきらめくはエスプリの花新しき秋風である〉となって説明調の平凡な歌になってしまう。克巳自身この歌の主張するものが「うむをいわせず片仮名書きにしてしまったのである」（『邂逅の美学』）と述べている。

『球体』

オートメーション　人間不在　コツン・コツン、カチン・カチン、コツン、——カチン

一読、チャップリンが機械文明に対して作った強烈な諷刺の映画「モダン・タイムス」を髣髴とさせる。人間のいない工場でオートメーションの機械が働いている情景である。この歌は歌集『心庭晩夏』の巻頭におかれた「機械」と題された一連の最後にある。あえて「コツン・コツン、カチン・カチン、コツン」と断続音のみにし、ちょっと間をおいて最後に「——カチン」とピリオドを打つ。もちろん、ここには作者も存在しない。一九七〇年代に、現在のシステム化された工場風景を想像して作られた実験作と言っていいだろうか。

『心庭晩夏』

欠乏の美という樹　をするするよじのぼる猫
の　胴体のびきる

夏の間みっしりと緑の葉を茂らせ風にそよいでいた樹も、秋になり、また冬ともなるとすっかり葉を落として枯れ木のような様相になる。すっきりと空に向かって手を広げたような裸木もまたいいものだが、欠乏の美とはそんな冬木を言うのだろう。鋭い爪を持つ猫がためらいもなくするすると木を登ってゆく。しなやかな猫の胴体がのびきって見えるその一瞬をとらえた一首である。克巳はものごとの芯の部分をぐいっと摑みだして歌にする。他者にわかってもらおうという余計な説明はしない。自分の目が捉えた猫の一瞬。それだけだ。

『心庭晩夏』

カンナ一本感情移入の入口でもえてしまった

心庭晩夏

昭和三十九年から四十七年中頃までの作品七百四十首を収める歌集『心庭晩夏』の書名のもととなった一首である。長いあとがきのなかで克巳は「現実の中に一人の人間として存在することの抒情表現に傾いていることに気付く。気付くと、またその抒情への傾斜をつっぱねたくなる」と述べている。暑い日差しを浴びて咲いているいる真っ赤なカンナ、印象的なその花にさまざまな思いが湧いて来て、思わず抒情的な歌を吐露しそうになるのだが、いや、待て、と自らの感情を押しとどめる。感情移入の入口でとめてこそ内部の思いは燃え盛るのだ。

『心庭晩夏』

うもれんか雪に泉のかそかなる春あかつきの
音のくぐもり

初句にまず「うもれんか」と強く言いだし、あとは春の雪の下を流れる水が泉にかすかな音をたてているさまを「音のくぐもり」と表現する。耳をそばだてないと聞こえないくらいの、かそかな音。克巳の多くの歌が抒情に流れることを警戒しながら作られていることを思うとこの歌と『球体』の中の〈春三月リトマス苔に雪ふって小鳥のまいた諷刺のいたみ〉の二首だけは繊細な感性の発露であると思われて、個人的に好きである。そういえば二首ともに春の雪だから冷たさよりも柔らかさ、明るさが読み手の情感に訴えてくるのだろう。

『心庭晩夏』

絶対という奴につかまっちまった証拠かこれ
が　骨片ひと山

昭和四十三年、克巳に大いなる影響を与えた父利平氏が亡くなった。京都府の綾部に生まれ、養蚕の器具販売から身を起こし、紆余曲折のうえに埼玉ミシン工業を創業した父親の不屈の精神は、長男である克巳の文芸への揺るぎない基礎を涵養したにちがいないと思われる。父の死は大いなる打撃であった。火葬された遺骨を収骨するさま十一首中の五首目である。一首目には〈余熱ぼうぼういまか出で来し骨骸の仰臥の位置のたもちありたる〉と炉から出されたばかりの骨骸を冷静に描写しており、主観語を一切入れず死を凝視するさまに打たれる。

『心庭晩夏』

無機物となりてちらばる眼前のああ惨憺を超
えし単純

直前まで有機物であった人体が荼毘に付されて収骨台の上に散らばっている。それはもう惨憺といった痛ましさや悲しさの感情を超えて、ただ単純に無機物として散らばっている、それだけだ、と言うのだ。炉から出されたばかりの父親の遺骨を前にしての描写としては類がないだろう。人が人として持っていた威厳や名声や喜怒哀楽のすべてが消滅して、眼前にあるのは単なる骨一式。これ以上の単純はない。「ああ」という感情語が唯一、内心の慟哭を伝える。これこそ、抽象、捨象を目指した克巳の手法が存分に発揮された一首と言えよう。

『心庭晩夏』

最後にガサガサゴソゴソ無雑作につめこまれ
骨壺いっぱいのこれだけである

遺族が二人で一片の骨を挟んで骨壺に収めてゆく。あらましを収め終ったところで葬儀場の係が刷毛と小型のちりとりできれいに集めて骨壺にざっと収める。まさに無雑作に、である。生前どんなに体格がよかろうが死んで骨になったら骨壺ひとつの存在になってしまうのだ、という無常観が、ガサガサゴソゴソという擬声語によってリアルに伝わってくる。だが、次の一首に人間克巳の万感の思いを知る思いがする。

なんともかともどうにもならぬある日ある時突
然しゅーんと鼻いたくなる

『心庭晩夏』

眼の前に一本の縄垂れて来てひじょうにさび
しい世界となった

縄が一本垂れてきた、とはどういうことか。目の前に下がっている縄、という状況を考えてみる。すると貧しいわたしの頭には「縊死」という語しか浮かばない。これで首を吊れとそそのかすように縄は垂れてきたのだ。つまり、死という究極の選択を迫られてはじめて辺りを見回せば、すべてのものは色褪せ、あらゆる欲望は消滅し、実にさびしい世界になる。死はだれのものでもない。たった一人で死におもむくしかないのである。目の前に一本の縄が提示されてそのことに人は気がつく。読みようによっては禅の世界に通じるような奥深い歌である。

『心庭晩夏』

落ちてきて一果が庭にころげまわるおかしな
時代というもおろかな

猛烈な暴風雨にいたぶられて落ちた果実。林檎とか柿を思ってみる。それがさらに庭をころげまわる情景、といった上句は何をあらわすのか。おかしな時代、たしかにこれまで信じられてきた事象が根底からひっくり返って、価値観の大きな転換期に差し掛かっていた。小さな存在である個人の力ではどうしようもなく時代に翻弄されてしまう、などと言ってみても詮無いことだ。まっとうに生きているものが、まっとうな結果を手にするという保証はない。おかしな時代だ、などとうそぶいてみてもはじまらないのだから。

『心庭晩夏』

ほそ首　かたむけたままにわとりのいっしゅ
ん佇立《ちょりつ》　冬である

わたしが「個性」に入会したのは昭和五十一年六月。加藤克巳という歌人の作風も歌歴も何も知らずに、ただ同じ埼玉県に住み、歌会に行くのに近いからというだけで入ったのだが、その直後に「短歌」誌上でこの一首に出会った。二十三歳で結婚してから夫の父親（湊楊一郎）の俳誌の編集を任されていて俳句は毎月見ていたから、瞬間、あ、これは俳句の「直観」に通じる歌だと思った。伊藤若冲えがくところの雄鶏の姿を思ってみようか。季節は冬でなければならない。佇立したいっしゅんの姿。捨象という概念そのものの歌と言えよう。

『心庭晩夏』

うち撓い北へ裸林《らりん》はけむとなりめたふじかる
な雲とつながる

046

昭和四十七年半ばから五十二年半ばまでの五百六首を収めた第七歌集『万象ゆれて』の巻頭歌。たえまなく揺れ続ける現実のなかのおのれの「存在の根源にあるものはなにか。それにふれてみたい、みつめてみたい、そしてそれを表現にうつしてみたい」とあとがきにある。出発から北への指向は顕著であった。けむりも雲も好んで歌にしてきた。たえず形を変え流れやまないけむりと雲を抽象という概念の象徴としているのがわかる。メタフィジカルと書くと理屈っぽい感じになるが、平仮名表記にしたことで気持ちの良い一幅の風景画のような歌になっている。

『万象ゆれて』

94—95

混沌たる滑稽というのかにぎにぎしくみちあ
ふれいる地上というは

かつて第三歌集『宇宙塵』において〈七階からみおろす午後の　がらくたのあ　のごみどもの　虫けら達のああめちゃめちゃの東京の街〉と大きく定型をはみだした歌を詠った克巳である。そこでは高層から見下ろした混沌とした東京の街をやや否定的に捉えていたのだが、この一首では逆に肯定的に「混沌たる滑稽」といい、生命力に溢れた地上を好もしいものとしている。「にぎにぎしい」という語には明るく親しいイメージがある。生業であるミシン工業の会社の社長として忙しい日々を送りながら、歌人としても充実してきている時期であったのだろう。

『万象ゆれて』

たましいのあくがれいずるごとくして朴の高
枝を花離れゆく

朴の木はモクレン科の落葉高木で山地に自生し、五月ごろ直径15センチもある黄白色で大きく香気の強い九弁の花を開く。高い枝に咲き、花弁には厚みがあってスプーンのような形をしているから、散り落ちてくるにも少しゆるりとした時間を感じることができるだろう。古典に造詣の深い克巳であるから「あくがれいずるたましい」には当然、和泉式部の〈物おもへば沢の蛍も我が身よりあくがれ出づる魂かとぞみる〉が投影されているのだろう。ひとひら、ひとひら落ちてゆく大きくて白い朴の花には確かにたましいが籠っているように思われる。

『万象ゆれて』

八雲たつ出雲神魂《かもす》のみ社のみたまの遊ぶまひ
る古庭

「八雲たつ」は出雲にかかる枕詞である。『古事記』の中の〈八雲立つ　出雲八重垣　妻ごみに　八重垣つくるその八重垣を〉というスサノヲノミコトがクシナダヒメと暮らすため新居に八重垣を巡らせたという伝承の歌を思いだす。「み社の」「みたまの」「まひる」とM音のまろみのある語を並べ「古庭」と体言止めにして、古色蒼然たる神域を想像させる。「万象の存在感、存在の根源にあるものはなにか。それにふれてみたい、みつめてみたい」とあとがきにあるが、モダニズムの対極ともいえる日本古来の魂に心を揺さぶられている歌なのだろう。

『万象ゆれて』

天球にぶらさがりいる人間のつまさきほそい
かなしみである

なんともスケールの大きい歌である。宇宙旅行もまったくの絵空事ではない時代になってきたが、地球を飛び出して宇宙のかなたから見れば、ごくごくちっぽけな人間は丸い地球にすがって生きているようなもの。ひとりひとりの存在のかなしみが「つまさきほそい」という表現に象徴されているようだが、また一方では天球にぶらさがっている人間のさまを想像すると、なさけなくて、ちょっと可笑しい。克巳の歌は大真面目に作られているのだが、そのユーモアに気がついて読んでみると漫画チックな場面が浮かんできてこれが結構、面白い。

『万象ゆれて』

やまと　たけるを不意に恋うなるは　しきり
桜のふぶくただなか

巻末近く、「万象ゆれて」と小題のつく一連三十一首の中にある歌。一首前には本集の主題である〈ゆれやまぬ万象なんぞ茫々と時はおやみなくながれつづける〉が置かれている。克巳短歌の大きなテーマのひとつに「時」というもの、すなわち時間の観念がある。現代に生きる自己と、遠い昔の時間の果てにいたヤマトタケルとはまったく別の世界にいるのではなく、ひとつながりの存在であるという感覚なのだ。満開の桜花にさあっと風が吹きわたり、はなびらが吹雪のように舞い散る。瞬間、往時にぐっと引き戻されたのであったろうか。

『万象ゆれて』

ひとつ道かゆきかくゆきひとつことつきはな
しつきはなしついにおぼるる

『万象ゆれて』巻末近くに置かれた一首。「かゆきかくゆき」は漢字で書けば「彼行此行」である。「かなたへゆき　こなたへゆきして」という意味だが、先行する歌をあげれば會津八一の代表歌〈かすみたつ　はまのまさごを　ふみさくみ　かゆきかくゆき　おもひぞわがする〉がある。克巳がここで言う「ひとつ道」とは短歌への思いであろう。自らの信ずるところを歩んできたが、さまざまに伝統と革新のあいだを行ったり来たりしているに過ぎない。突き放しつつも、しかし、この詩形を手放すことはできない。挑みつづけて、なおも定型の魅力に溺れてしまう。心情の吐露もまた克巳らしいではないか。

『万象ゆれて』

かくてかくきょうあることのおもむろに明日
まつしばし体操をする

克巳は帰還してしばらく教職に就いたのであったが、戦中戦後の栄養失調に加えて、積極的で手抜きのできない性格から昼夜の授業のほかに古典の副読本を作ったり、歌壇の新人として依頼原稿を執筆するなどの過労がたたり、高熱に倒れ、肺炎から湿性肋膜炎を発症して二ヶ月も入院する羽目におちいったことがある。その後も体力が万全となるまで慎重に過ごさざるを得なかったという経験から、体調管理には人一倍気を配っていた。明日のため、今日一日のため欠かさず体操をする。おもむろ、というまっとうな語が逆に軽妙でたのしい。

『石は抒情す』

夕いたり石は抒情すほのかにもくれないおびて池の辺にある

加藤邸は埼玉県の与野市（現・さいたま市）にあった。JRの北浦和駅から徒歩15分。埼玉県立近代美術館のある北浦和公園を抜けて住宅街をしばらく行ったところ、立派な門構えの住まいで敷地は奥行が深く一般的な家屋の三軒分はゆうにあった。庭の中央あたりに石橋をかけた小さな池があり、その横に一抱えもある石が据えられていた。あとがきに言う。「物も、人間も、すべてこの世に存在するものは、作者の心をそこにまさしくいたすとき、作者とその存在は交霊し、交感する。石は抒情する、のである」。

『石は抒情す』

ソクラテスの首と名づけてあしたゆうべ われ
に戦後を一つ石あり

「個性」の重要な会員で筒井富栄という染色家がいた。定型に対する克巳の主張をよく理解し、同調し、闊達に受け継いだ門弟の一人であった。筒井はその著『加藤克巳の歌』（雁書館）の中で師について「内側に強い浄化作用を持ち、当然負になることさえも正に転換してしまうという強い意志を持っている」と述べている。戦後の混乱期に父親の企業を継ぎ、親族会社の長として、時代の先端をゆく歌人として強い意志を持ち続けることはどれほど大変なことであったか。石に向かって思索を深めている姿を思って胸を熱くする。

『石は抒情す』

空壜《あきびん》が三本ぼおと立っていてうしろの闇に虫
が鳴いてる

空壜が三本立っている。そのうしろの闇のなかで虫の声がしている、というだけの歌だが、なにか心をそそられるのは何故か。あきびん、さんぼん、ぼおと、濁音を並べたところ。また無機質の空壜をあたかも人のように「ぼおと立っている」と言い、いささかの感情を与えているところ。台所の隅ででもあろうか、灯の届かない壜の向こうの闇でりーんりーんと虫が鳴いている。それ以上でも以下でもない。それだけ。克巳の主張する捨象という概念そのものの歌で、誰にも覚えがあるような、秋の夜の静かなさびしさが感受されるのである。

『石は抒情す』

青やかに夢野がひらけ現在と過去のはざまに
水の音する

「前の歌集あたりからこの期に入って、いつとはなしにいっそう抒情性の強い歌をときどき作っているように思われる」とあとがきにあるように、この歌も抒情性が濃い。「青やかに」と言い出しても、それは「夢野」であるから現実では毛頭ない。つまり、作者の脳裡にひろがる青野である。「永遠に向う無限の時間の中の一点に過ぎないわが生」と自身を規定する作者の耳に聞こえる水の音。現在は一瞬の後には過去となるわけだが、その微細なはざまにやすらぎを与えるかのように流れる水の音を聞く。それはおそらくかすかな水の音だ。

『石は抒情す』

あかときの青の汀《みぎわ》の沙鷗《すなかもめ》　ふりむく一羽まな
こするどき

あかとき、夜がしらしらと明け始める前であろうか。海が青い色を持ち始めるころ、波打ちぎわを歩く作者。と、目覚めたばかりの一群のかもめの中の一羽が人の気配に一瞬、振り向いた。まるで誰何《すいか》するかのようにそのまなこはするどく、作者の目をとらえたことだろう。「あかときの」「青の」と韻を踏み、三句切れにして緊張感がある。「沙鷗」という字からわたしは読むたびに「沙翁」を連想してしまう。かのシェイクスピアである。「オセロ」でも「マクベス」でもいいが、かっと見開いた眼に端倪すべからざる気迫を感じるのである。

『石は抒情す』

一花揺れ百花千花のゆれゆれて北山なだりかたくりの花

「わたくしのながい歌業のうちのある時期、いわゆる短歌的抒情にかなりはげしく抵抗し、反撥しつづけたことがあった」とあとがきにある。しかし、前集のあたりから抒情性の強い歌を作ってきたとも言い、それはどうしてもやっておかなければならない基本の詰めである、と言う。そこで、この一首。まさに純粋抒情である。風に一花揺れ、つづいて百花千花が揺れるさまが下句へなだらかに詠みくだされている。なだり、という語も結句の体言止めも心地よく、このうえない。克巳六十代半ば、鎧わない、円熟した境地の素直な一首と言えようか。

『石は抒情す』

ふみしめて足音《あのと》かそかにゆきたまいさりたま
いしか常世《とこよ》まれびと

克巳が憧れてやまない釈迢空（折口信夫）に寄せる追慕の連作にある一首。

　海やまのあわいをひとりみえかくれしつつ旅ゆくまぼろしのごと

一連はこの一首で始まる。あたかも眼前に迢空そのひとが見えているかのような、その後ろ姿を追っているかのような、まさに迢空幻想である。掲出歌もどこか俗世から離脱している感じのある迢空の姿が「足音かそかに」と描写され「ゆきたまいさりたまいしか」とあくまでもうやうやしい。常世のまれびと、迢空の姿が髣髴とする。

『石は抒情す』

とことわの旅ゆき　かえらぬかの人の魂よび
もどせたぶの大樹よ

たぶの木はクスノキ科の常緑高木で、暖地の海岸近くに多い。古くから樹霊信仰の対象とされ、鎮守の森などで大樹を見ることが多い。克巳は昭和八年、かねてよりその学問の深さと詩歌に憧れを抱いていた折口信夫（釈迢空）が教鞭をとる國學院大學に進んだ。入学後は折口の予科・学部はもちろん、課外の郷土研究会も毎回聴講したという。民俗学の研究で旅をすることの多かった師の姿をしのび、たぶの樹にことよせて、もはやかえらぬ稀有な魂を時空のかなたより呼びもどしたい、とさえ願ったのだろう。克巳の純な心根が表れた一首である。

『石は抒情す』

日はのぼり日はまた沈むいつのときもわれに
凛たり心の一樹

日はのぼり日はまた沈む、その繰り返し。平々凡々たる明け暮れに費消されてゆく時間。生業であるミシン業界も競争がはげしく、国産ミシンの活路を開いてゆくのは容易なことではなかった。戦後、荒廃した国土の中で帰還した仲間と短歌を語らい、文学としての短歌の復権を期してがんばった仲間も、それぞれ大手の企業に職を得て安定した生活をおくっている。だが、なにくそ、と克巳は心の矜《ほこ》りだけは手放さない。心にふかく抱いている短歌への熱望。それを「心に打ちたてた一樹」と詠んだのだろう。さりげなくして忘れ難い一首である。

『ルドンのまなこ』

ま夜にして隣りの部屋に母の声われ呼ぶ声の
ほそくかぼそく

建て替えられる前の加藤邸では玄関を入って左に庭に面したやや広い廊下があり右手が和室。廊下を進んでゆくと応接間という間取りであった。ある時、何かの用事でうかがっていたわたしの耳に廊下の右奥の部屋から小さな声が聞こえた。すると師はさっと立ってそちらに向かわれる。高齢になられたお母さんが臥しておられたのだ。「お母さん、マッサージの先生はもうお帰りになったのですよ」と言い聞かせるような師の声がした。またしばらくすると仏壇のリンを鳴らすような音がして立っていかれる。その場面はいまに忘れ難いものであった。

『ルドンのまなこ』

だきおこす母の胸乳よ幼なわれ吸い足りし柔
わきたらちねの乳

いくぶん老耄となられた母親に対して師が常に敬語で接しておられることにわたしはいたく感動した。私事になるが、後に夫の父親と同居することになったとき、そのことは生き方の手本となって亡くなるまでを円満に在宅介護が出来たのだと思っている。ご母堂は九十歳で天寿を全うされた。挽歌を記しておきたい。

母の部屋にふた夜三夜寝て母は亡しまさしく母はかえり給わぬ
六十八年わが名呼び来し母の声もはやよぶなきわが母の声

『ルドンのまなこ』

核弾頭五万個秘めて藍色の天空に浮くわれら
が地球

冷戦構造のまっただなかであったこの時代は、核の脅威が国家の威信を守るとして競って核兵器が作られた。

ボタンは一瞬いっさいの消滅へ、ボタンは人類
の見事な無へ、―ああ丸い丸いちっちゃなポツ

かつて歌集『球体』において、このように偶発的な核爆発を怖れ危惧した作者であるが、ここでは自滅の基となる核弾頭を抱かされている地球への信愛、惻隠の情といったものさえ感じられる。藍色の天空に浮く地球というものを想像してみる。核廃絶を、といった語を使ってはないが、これは立派な核所有反対の言挙げである。

『ルドンのまなこ』

いつしかにルドンの眼《まなこ》のぼりいて神宮の森に
ふくろうのなく

オディロン・ルドンはフランスの近代絵画史上でも独特な画風で知られる画家である。岩山からぐっと乗り出した目玉だけの怪物や、空間に浮かぶ大きな目玉。『悪の華』の装画にしても花の真中の黒い丸は目玉に見える。克巳はその眼を「しずかに、するどく、つめたく、ときにあつっぽく現代を、現実をみおろしている。また、ときには、ろまんちっくな、うるむような眼に見えてくる」とまで言うのだ。大都会の中にあるとは思えぬほどの神宮の深い森。ルドンの眼は何を視、何を言わんとするのか。ふくろうの声に克巳は何をきいたのだろうか。

『ルドンのまなこ』

石を洗うごしごし洗うたましいをごしごし洗
う朝早く起き

早朝の澄んだ空気のなかで庭さきの石を洗う。いや、実際には洗っていなくともよい、そういう気分だ、ということだろう。ごしごし洗う、という勢いのある表現は作者の気分が高揚していることを感じさせる。これから何事かに挑戦しようとでもいうのだろうか。たましいをごしごし洗って世のしがらみに囚われまいとする心意気。毀誉褒貶に振り回されずおのれの信じた道をゆくのだ、という姿勢は一貫している。連綿たる短歌史に大きな一石を投じた克巳の詩業はもっと評価されていい。弟子としてはそんな歯がゆい思いさえ抱くのである。

『ルドンのまなこ』

父とせがれの歴史がこんな風に物理的無に帰して　ただの広っぱだ

京都府の綾部に生まれ、養蚕関係の仕事をいくつか経た後にアメリカのミシン会社に勤め、最終的に国産ミシンの会社を興した父親はチャレンジ精神に溢れた人物であったようだ。その父親が戦前に建てた和風の家を解体して新たに新居を建てた折の歌である。父親の転勤のため小学校から高校に入学するまで八回も転校を余儀なくされたということだが、そういった経験が克巳の不屈の短歌精神を涵養する一助となったのではないだろうか。あの父あっての自分なのだという思いを噛みしめながら、ただの広っぱになった家跡を眺めていたにちがいない。

『天壇光』

地上核地中マグマを抱《いだ》きつつわが円球は自転
つづける

前集の〈核弾頭五万個秘めて藍色の天空に浮くわれらが地球〉とほぼ同じ内容であるが、結句に「自転つづける」とあるから、ある意味では人類の叡知を信じ、地球の自浄作用を信じている歌と読めるだろう。地上では競って核兵器が製造されつづけ、地中にはどろどろとした灼熱のマグマが渦巻いている。いずれもいつ爆裂するかしれないものだが、それでもせめてこのまま、現状を維持してほしい、といった思いがこのような歌をしばしば書かせるのだろう。余分な主観語など入れずとも、広大な宇宙に浮かぶわが地球への愛惜が伝わってくる。

『天壇光』

砲声をききしは夢にて朝霧のきらめく庭に小
綬鶏はなく

学生の間は徴集延期になっていたのだが、國學院大學を卒業した昭和十三年に召集され十二月十日に入隊。同時に満州に派遣された。そこは孫呉という寒冷地であったのだが、克巳は何としても帰国したいとの思いに駆られて奮励努力の末、甲種幹部候補生の試験に合格。よって内地勤務となり、少尉から最終的に中尉にまでなって終戦を迎えた。足かけ七年間の軍隊生活で前線に出るということはなかったそうだが、遠くに砲声を聞くという場面はしばしばあっただろう。それは戦後四十年以上たっていても夢に見るほど苛酷な戦時体験であったのだ。

『天壇光』

なかなかにとぼけのすべも覚ええず老いおく
れいて金魚みている

『天壇光』が上梓されたのは昭和六十二年。克巳が七十代前半の作品ということになる。老いおくれいて、というのは、もちろんジョークであろうが「なかなかにとぼけのすべも覚ええず」と言われてみれば、なるほど、人間、ある年齢になると頭脳は明晰であっても少しとぼけて見せることも必要かもしれない。実業の世界でも、文学の世界でも、後進の優れた才能を伸ばすために少し背をかがめてみる。それはわかってはいるのだがなあ、といった含蓄のある一首だ。克巳はこののちも矍鑠として歌を作り、歌集を何冊ものしているのだから。

『天壇光』

かねがなるいずこにひくくなるかねのこの世
のかねの遠いかねの音《ね》

この歌には「むさし枯原——宮柊二逝きて」と付言があり畏友、宮柊二への挽歌である。戦後まもなく結成した「新歌人集団」の仲間として親しく交友のあった宮が従軍した山西省に機会があって旅した折に、この荒涼とした異国の地で苛酷な兵役に耐えた宮を思い胸ふたがれる思いがしたと語ったことがある。克巳も中国奥地で軍務に就いたけれど甲種幹部生として前線に出ることはなかった。いくらか後ろめたい思いもあって宮に対する克巳の思いは格別であったにちがいない。かねの音は現《うつつ》のものか、まぼろしか。友を偲んで聞く寂寞としたかねの音である。

『天壇光』

人はほろび人は生きつぎうつついまわれは長

城の一点に立つ

昭和六十一年の秋、克巳は同じ埼玉県在住の作家・桂英澄と共に中国の著名な作家・趙樹理の生誕八十年記念大会に招かれて中国山西省太原に行った。趙樹理は文化大革命の折、紅衛兵の暴挙によって倒れそのまま非業の死を遂げた作家である。大会の前後、一行は汾酒で知られる杏花村や五台山、北京の天壇などを見て回った。この歌は万里の長城に立った時の感慨であろう。かつて、この地で戦った宮柊二を思い、またすでに鬼籍に入った誰かれを思い、ここにいま自分が生きてあることの意味を噛みしめながら茫漠とした大地を見回したのだろう。

『天壇光』

快速の入《い》り来《き》出《い》で発《た》ち新宿のホームにあふれ
て人間というが

ごくたまに新宿駅に行くことがあるが、ホームやコンコースを行き交う人の多さに度肝を抜かれる。人々はそれぞれ目的の方向へ急ぎ足で動いてゆくが、このわたしは一体どちらに向いて歩けばいいか茫然と立ちつくしてしまう。電車は次々に滑り込んできて大勢の人を吐き、かつ乗せて去ってゆく。「入《い》り来《き》出《い》で発《た》ち」とその目まぐるしいばかりの光景に、克巳も圧倒されたのだろう。第十一歌集『樹下逍遥』Ｉ章は超過密な大都会の喧騒を主題とする。克巳七十代の前半、期間は昭和六十二年から平成二年まで。混沌とした時代の序章である。

『樹下逍遥』

青深き新宿の空くきやかにビル群立の亭々と
して

同じく新宿の歌。克巳は気の合った歌人仲間としばしば新宿で会合を持っていた。「石鍋」と題する男四人の宴の歌もあるが店を出て見回すと目に入るのは亭々たる高層のビル群。青深き、は眩しい白昼の青空ととってもいいが、わたしはむしろ夜のふかい藍色の空と思いたい。眠らない街、新宿の空はけっして暗くはない。ふかい青を湛えた空に向かって聳え立つビル群。見上げて立つ己の小ささを思ったであろうか。いや、ここではそんな対比など思わずに発展をつづける大都会の光景としてのみ鑑賞すればいいのだろう。

『樹下逍遥』

夜があけて雪にきららの日がさして石と苔と
があらわれはじむ

二首前におかれた〈いつしかに雪の降り来《き》て石と苔ほのあかりつつ埋《うず》もれてゆく〉と対として読みたい歌だ。石はこれまでもたびたび詠われてきたからお馴染みの感があるが、加藤邸の池のほとりに据えられた大きな石。原稿を書く手をとめて窓外に目をやると、いつの間に降り出したのか雪がその石と苔を包みはじめていた。翌朝、そこに朝日が射し始めるとうっすら積もっていた雪がみるみる溶けて石と苔が見えてきた。と読んでみるとこれはけっして大雪ではなかったことがわかる。雪に一夜洗われた石と苔のみずみずしさが感受されるのである。

『樹下逍遥』

雨はひと日たえまもあらずやまざれば青苔庭
に夕べはいたる

この時期、克巳は一過性の脳梗塞を経験している。若い頃に二年ほど体調を崩したことがあったが、以後は大きな病気もせず精力的に仕事をこなして来たのである。しかし、あとがきに記すように「内外の激動は、私を憤怒にかり、慨嘆に陥れ、私の精神は時に激しく亢進し、沈潜し」心身ともに困憊した。が幸いなことに都心から40分ほどの町に閑静な自宅が待っている。石や樹木、草々の自然が疲れた主を癒やしてくれるのであった。それらは雨に洗われ雪に濯がれ、けっして人を裏切らない。雨のひと日、青苔庭に心をあずける克巳の姿である。

『樹下逍遥』

銃殺も戦車蹂躙も残酷無惨なべて悲しき中国
よ悲し

『樹下逍遥』Ⅳ章の歌で平成元年六月四日に起きた北京天安門事件を概嘆するものである。民主化を求めて集結していたデモ隊に対し、軍隊が武力をもって鎮圧しようとし多数の死傷者が出たのであった。克巳はさらに〈人間のいかなる部分がいまになおかかる残虐を敢えてなすのか〉とも詠って、人間のかかえもつ根源的な闘争心や残虐性を憂い悲しむのである。克巳は本質的に人情派で博愛主義（と思う）であったから、自国民を虐げる中国の圧政を看過できなかったのだろう。この頃、国内外の政情不安に心穏やかならぬ明け暮れであった。

『樹下逍遥』

一樹はや雪にけぶりてぼうと立つぼうと命を
こもらせて立つ

克巳は若い頃に木下利玄の歌に強く惹かれ影響を受けたと語ったことがある。利玄といえば〈牡丹花は咲き定まりて静かなり花の占めたる位置のたしかさ〉〈曼珠沙華一むら燃えて秋陽つよしそこ過ぎてゐるしづかなる径〉といった代表歌を思い出す。短歌を愛し定型の重要さを存分に知るゆえに、伝統短歌というものに揺さぶりをかけ挑み続けてきた克巳であるが、齢を重ねたことであらためて自然主義・写実主義の利玄の歌風に心惹かれてきたようだ。雪中に立つ一本の樹、比喩としてではなく、存在そのものとしての樹を描出したかったのだ。

『樹下逍遥』

こせつかずおおらかで且つ堂々と自然体やよし単純やよし

超過密都市をテーマとしたⅠ章から始まった『樹下逍遥』であるが、間に癒しを求めるように自宅の庭を詠い、次に国内外の政治への憤怒をかなり強い調子でストレートに詠った。そしてまたその反動として巻末に自然を詠うという、動と静を組み合わせて構成されているのが実に興味深い。巻末におかれているこの歌は言うなれば歌集全体を総括するかのようだ。これは丘に立つ一本の大樹を描写したものだが、克巳自身こうありたいという願望を述べたものと言えるのではないか。こせつかずおおらかで且つ堂々と、まさに自然体やよし、である。

『樹下逍遥』

玉杯のとろりと緑青の秘密色箱より出だし中
国を恋う

「わが方丈に」と題する一連は愛蔵の品、それもかつて中国へ旅した折に求めたのであろう玉《ぎょく》の香炉とか、南部の鉄瓶、秀衡塗りの硯箱といったものへの心寄せの歌である（ここで間違ってもマイセンの食器とか、ガレのひと夜茸のランプにならないところが克巳らしいのだが）。北京の琉璃廠《るりちゃん》でもとめた緑青の玉で出来た香炉、それは中国という大国の長い歴史や奥深い叡知の象徴のようにとろりとした秘密色をしていたのだろう。結句で「中国を恋う」と言っているのは、若き日の戦地体験を思い出しているのかもしれない。

『月は皎く砕けて』

中東湾岸　危急を告ぐる朝《あした》あした　薄くれな
いの芙蓉咲きつぐ

一九九〇年八月、イラクがクウェートに侵攻したことから始まった戦は、翌年イラクに連合軍が攻撃を開始し一気に拡大していった。この歌のすこし前には〈激動のはざまはざまに怖ろしき核拡散の恐怖ひろがる〉とも詠い、かつて自らも経験した昭和時代の戦争とは大いに違う恐怖におののくのであった。遠国での戦争と眼前の自然を詠った先例としては茂吉の〈たたかひは上海に起り居たりけり鳳仙花紅く散りゐたりけり〉があり、方法としては目新しいものではないが、傷つきやすい薄くれないの芙蓉と戦との取り合わせはやはり印象深いものだ。

『月は皎く砕けて』

人間は残忍非道黒光《くろひか》る原油の波に海鳥《うみどり》は死ぬ

このとき、イラクが原油をペルシャ湾に流したとして原油にまみれた海鳥の映像が拡散し、自然破壊をかえりみない非道な行為であると非難の声があがった。しかし、後にわかったことだが、これは実はアメリカ軍が誘導爆弾によって原油貯蔵庫を爆破したものであり、情報操作によって誤った印象を与えたのであった。ただ、どちらの国が流したものでもそれによって海鳥に難が及んだことに違いはない。人間の欲望のあおりを受ける自然の事実を端的に述べた一首で、戦争の一場面として記憶すればいいのだろう。

『月は皎く砕けて』

雑踏越しに電光ニュース繰り返え《（ママ）》し繰り返え《（ママ）》
し告ぐソ連邦崩壊独立国家共同体成ると

「歳晩歴史は峻厳に刻む」一連五首の最初の歌。二十世紀も終りに近づき、ここ数年で世界の権力構造は大きく変化を遂げる。それはまずソ連のペレストロイカに始まり、東欧の一党独裁体制の瓦解、湾岸戦争の勃発と呆気ない終結、共産党解体によるソ連邦崩壊など。この歌はまさに電光ニュースを見ているように言葉が連ねられており、定型から大きくはみ出し、漢字を羅列させることによって緊迫感を出している。述べたい内容によって意志的に型は選べばよいのだ、という克巳の主張がよくわかる一首で、抒情に流しては成り立たない歌と言えるだろう。

『月は皎く砕けて』

青池にゆらめく光春ははや乙事沢《おっことざわ》に鳥啼きめぐる

長男の則芳氏は大学卒業後、角川書店に七年ほど勤務した後、八ヶ岳に移住。ペンションを経営しながら自然保護に尽力され、その後はネイチャーライターとして活躍。日本におけるロングトレイルを提唱され、第一人者として名を残された。この歌は「乙事沢に春近く」と題する一連の中にある。〈八ツ岳ここは富士見の乙事沢人見ず家なく樹林は続く〉といった静かな早春の高原を訪ねて、ひとり散策されたのだろう。前の章で湾岸戦争を怒り、核拡散を危惧し、ソ連邦の崩壊を詠った後ゆえ、ことさらに自然の有難さを噛みしめたに違いない。

『月は皎く砕けて』

神やある　神はない　いやある　青い月が隣
りの屋根の右上にある

憂き世である。各地で戦争や紛争が起き、人心の荒廃ここに極まるといった日々。神も仏もない、と言いたいところだが、「神やある　神はない」と自問自答しながら天をふりあおぐ。と、隣家の屋根のうえに青い月が皓々と照っているではないか。「いやある」この世がいかなることになろうとも月は間違いなく存在して、変わることなく語りかけてくれる。その瞬間、克巳は疑いようもなく神の存在をも確信したのだろう。天体には想像力をかきたてる魅力的な何かがある。隣りの屋根の右上という、実に卑近な場所にこそ神は居るものなのかもしれない。

『月は皎く砕けて』

いとじりを撫でたりするなまだ早い老いぶる
なんておかしいではないか

終生、酒を愛した克巳には当然ながら酒を飲む歌が多くある。ここでは〈ぐい呑みをことりと伏せてほのかにもにおういのちといいて目つぶる〉という一首もあり、静かに酒を味わっている風情だ。しかし、ふと気付くと飲み干した盃を手にしてぼんやりいとじりを撫でていた。おいおい、まだ老いぶってみせるには早いぞ、と自らを笑ってしまった、という場面だろうか。七十代で早くも老いを意識し、いや、まだ老いてみせるのは早いぞという歌がみられた（『天壇光』）が、八十代となってもいまだ精神は意気軒昂なのであった。

『矩形の森』

鯛の目玉も喰い終りたればちょっぴりづもり、、、、、

のぐい呑み酒も終りとするか

魚のなかでも鯛は特に好物であったようだ。一尾があれば、まずは刺身に、残りは煮つけにして目玉まで余すなく食べる。いや、ここでいう鯛の目玉とは一番おいしいところ、という意味かもしれない。最後に残しておいた目玉の周りのとろりとした部分まで食べ終わってしまった。「ちょっぴりづもりのぐい呑み酒」とは初めて目にする言い方だが、いかにも惜しみつつ、でもあと少し、もうあと少し、と呑んでいるさまが思われる。「もういい加減にしたらいかがですか」という夫人の声が聞こえてきそうな加藤家の晩酌風景なのだろう。

『矩形の森』

かなしむななげくな今日が過ぎ去れば必ず明
日がやってくるのだ

第十四歌集『樹液』巻頭の歌である。平成七年から十年間の作品五百首を収める。克巳八十代の歌集である。「赫奕《かくやく》たる晩年を痛烈に意識したとき、自然体の歌が湧くように生まれはじめた」と帯文にあるように、連作でぐいぐい読ませる歌が続く。「かなしむななげくな」とは誰にいうのでもない。自らを鼓舞するように「今日が過ぎ去れば必ず明日がやってくるのだ」と強く言い切る。集中にはヘルニアで入院手術されたかと思われる歌、最愛の隆子夫人の病気の歌などもあって、八十代の日常は平穏無事なばかりではなかった。

『樹液』

フォンタナの一閃《いっせん》　ああ　敢然とわが晩年が
はじまるのである

克巳は若い頃から絵画、それも抽象画がことに好きで時間を見つけては美術館や絵画展などに足を運んでいた。ピカソやキリコ、ムンク、ルドンなどの名を詠みこんだ歌も多い。隣市に住んでいたフォト・デッサンで世界的に著名な瑛九とも親交があり、歌集『宇宙塵』『球体』の表紙絵としたことを無上の喜びと語っていた。フォンタナはイタリアの画家。カンヴァスを鋭い刃物で切り裂いた作品を見たことがあるが、この一首、きたるべき自らの晩年を後退期とせず、フォンタナの一閃のように敢然と切り開こうというその気概には圧倒される。

『樹液』

村のはずれの古沼ほとりあやめ咲く卯月たそ
がれかなしみはわく

「日本の古く小さき村」と題する一連から。これまでさまざまに定型に挑み、短歌の伝統をゆさぶり続け、強靱な精神力によって国内外の政情や紛争、自然破壊や核の問題などもテーマとしてきた克巳であるが、すでに齢も八十代。ここにきて日本古来の自然へのひたぶるな心寄せを詠う。村のはずれ、古沼ほとりという場面に、品があり女性美の代名詞にも使われるあやめという花を配し、さらに卯月というくぐもった音、たそがれという人恋しい時間の設定もぬかりはない。日本人なら誰しもが抱くノスタルジーを巧みに提示した歌と言えようか。

『樹液』

大根をトントン、トントンとゆっくりきざむ愉し
くなりくる右手の動き

隆子夫人が病を得られて入退院されていた頃の歌。おそらくそれまで厨房に立たれたことなど皆無だっただろうが、何事にも積極的に好奇心をもって当たる克巳はここでも本領を発揮する。〈男子厨房に入らずという箴言《しんげん》されど今われは励まん厨房の些事に〉から始まり厨歌十首が並ぶ。〈一保堂のお茶あやに色よき三杯、水三杯、まずは仏前に供えて後ベッドの妻に〉と父祖への感謝と妻への気遣いをさりげなく述べ〈オオ・ソレ・ミオの鼻唄うまくはないがけさの味噌汁なんとうまきか〉これは妻に心の負担をかけまいという心配りの表れに違いない。

『樹液』

おーいと呼びたくされど遠し五階と三階され
ど呼びたしおーいと呼びたし

同じ病院に入院されていた時の、見栄も衒いもない妻恋いの歌である。同郷の隆子夫人と見合い結婚をし、二男一女をもうけて生涯を仲睦まじく暮らして来られたのだった。夫人は一族の長としての克巳を支え、歌人としても実業人としても後顧の憂いなく仕事が出来るようにとそれはそれは細やかな心遣いをされていた。「個性」の会計簿なども長く預かっておられたと聞いたことがある。前衛的な絵画を詠い、核弾頭を詠い、原始や永遠といった深遠なテーマにまで迫っていた克巳ゆえに、この手放しの直情溢れる妻恋いの歌には真底、心打たれる。

『游魂』

一日に三たび四たびと名を呼んでふりむくものなくたそがれは来る

平成十一年六月十三日、隆子夫人が身罷った。享年八十であった。第十五歌集『游魂』はその前後の作品を収める。〈どの部屋を歩いてみてもどこにもいないおーいと呼んでも答えてくれない〉広い家内を歩いて呼びかけてみる。三たび四たびと名を呼んでみるという、気丈な克巳のありのままの悲嘆が痛烈に心を打つ。さまざまな事象を自らの思い通りに詠ってきた。父や母の挽歌も詠った。しかし、一心同体と言っても過言でないくらい寄り添って暮らして来られた夫人への哀切な思いはまた別である。ひと日が終わり独りの克巳にたそがれが来る。

『游魂』

蚯蚓のたわごと　蟬のぬけがら　しょぼくれ
男　なにはともあれ生きねばならぬ

〈木も草もあの雲さえも生きている生きねばならぬ死ぬときまでは〉とも詠いつつ自身を鼓舞して生への執着を掻き立てるのである。『みみずのたはこと』という誰かの随筆集もあったが、取るにたらない呟きというのだろう。魂が抜けたようになったしょぼくれた男、とはまた思い切った自己描写ではある。だがいつまでも嘆き悲しんでばかりはいられない。なにはともあれ生きねばならぬ、と立ちあがる。短歌と言う自己表現の手段を持っているという有難さはこういうことだろうと思う。歌の締切りでもあれば何はともあれ書かねばならないのだから。

『游魂』

悲しい時は悲しめ淋しい時はさびしめと仏さ
まがおっしゃったではないか

〈人前で絶対に出さない涙という奴なんで真夜中とめどなく流れる〉という歌もある。現代なら問題発言となるところだが、かつて男は人前で泣くものではない、と言ったものだ。だが、釈尊も自然であれとおっしゃったではないか。そうだ、悲しい時には思い切り悲しんでおこう。さびしい時はすなおに淋しいと言おう。逆に感情を抑え続けていたら、それは深く沈潜して心のしこりになってしまうかもしれないのだから。こののち、克巳は妻の死を乗り越えて復活してゆくのだが、こういった人間味あふれる歌があってこその再生であったのだ。

『游魂』

東天に大きなまるい太陽が堂々とああ昇りはじめた

巻末にちかく「太陽」と題する一連から。すこし前には〈ストレッチャーよりオペ台へ移され以下五時間が省略された〉といくぶん戯画化された手術の歌があり、じたばたしても仕方がない、この世のことはすべてなるようにして過ぎてゆくのだ、といった境地がうかがえる。太陽はこれまでも繰り返し多くの歌集に詠われてきた。朝が早い克巳は太陽が昇るのを見ながら体操をするのを日課としてきた。東天に大きなまるい太陽が堂々と昇るのを見ると、こせこせと生きている人間の卑小さが思われる。太陽に向かって大きく手を広げるその姿を思う。

『游魂』

一人《ひとり》なれば一人《いちにん》の朝餉しつらえて一人《ひとり》でだまってきょうがはじまる

隆子夫人亡き後、独居となったわけだが階上には次男夫婦が住んでおり、「個性」の門下であった近在の女性たちがなにくれとなくお世話していたようだ。しかし、朝餉だけはそうはいかない。〈賽の目に豆腐を切って味噌汁に毎日毎朝欠かすことなく〉集中にはこういった歌もあり、朝餉の支度だけはかなりこまめにされていたようだ。克巳は長男であり、夫人はとてもお料理の上手な方であったから、台所に立つという経験はそれまであまりなかっただろう。一人といい一人《いちにん》と言い替えて一人であることを自らに言い聞かせるように孤独な朝が始まる。

『森と太陽と思想』

198—199

悲しみのあとにはかならずよろこびがよろこびのあとにはかならず悲しみがくるかくてくりかえしくりかえしつつ老いゆくわれか

『夕やまざくら』は卒寿を記念して角川書店から刊行された。縦20センチ幅10センチの瀟洒な造本である。一ページに一首。九十六首を収める。〈夕さればそぞろ門田に誰を待つほたるとともに来るは誰なる〉といったオーソドックスな歌もあるが、このようにまったく自由な歌もある。悲しみのあとには／かならずよろこびが／よろこびのあとには／かならず悲しみがくる／かくてくりかえしくりかえしつつ／老いゆくわれか　と抵抗なく読んでほしい。幸不幸が綯い交ぜになって老いてゆくのだという卒寿の感慨が衒いなく開陳されているのである。

『夕やまざくら』

でこぼこのあたまをなでてまあいいやもうす
こしのもう一人の酒を

平成十九年六月三十日という奥付がある第二十歌集である。〈おもいひそませひとりのあゆみゆくさきにほうと黄なる月のぼりくる〉とかつて歌った、そういった心境にある、とあとがきに記す。克巳はこの時九十二歳。両親はもちろん、隆子夫人も、係累の誰かれも皆、幽明境を異にして孤独の明け暮れである。だが、酒とはこういう時に実にありがたいものではないか。度を越してはいけないが、過ぎゆきのあれこれを思い出しながら、まあいいや、とゆっくり一人の杯を傾ける。克巳にとって酒こそが生涯のまことに良き伴侶であったのだ。

『朝茜』

解説　歌人加藤克巳の出立

久々湊盈子

加藤克巳は大正四年六月三十日、京都府何鹿《いかるが》郡中筋村字安場（現・綾部市）に、父利平、母きょうの長男として出生。そのころ、綾部には郡是製糸（現・グンゼ）の大きな工場があり、敏腕の社長波多野鶴吉のもと、大いに業績をあげていた。利平という人はもともと好奇心が強く努力家でもあったようで、郡是製糸の発展に大いに影響を受け、一念発起して京都府立城丹蚕糸業組合の学校に学び、養蚕技師となって各地に指導員として出向くようになり、やがて改良した蚕種を販売する事業を興すまでになった。

一時期は従業員が百人近くもいたという隆盛ぶりであったのだが、運の悪いことに克巳が一歳になる直前に火事を出し、母屋から作業場、蔵などすべてを焼失してしまったのだった。しかし、利平はめげることなく福知山に転地して蚕種を育てる器具の通信販売をはじめ、またしても事業を拡大していくのだが、大正十年、台風による集中豪雨で由良川が決壊。大洪水で家屋は水没。六歳だった克巳は祖母とともに盥に乗せられて救出されたという。この水害で商品のほとんどを流されてしまった利平はその後、いくつかの事業に手を出したがいずれも頓挫して、最終的にシンガーミシンというアメリカの会社に入社する。元来が逆境になると奮い立つ性分だったのか、そこでもめきめきと成績を上げて責任者となり、やがて地方の支店を任されるようになると転任につぐ転任という生活になった。家族も一緒に移動したから、四国は宇和島から北は青森まで、克巳は小学校中学校を通じて八回も転校を余儀なくされたのであった。

そういった幼少期からの大火や洪水、繰り返された家業の浮き沈みや、度重なる転校の経験などが克巳の人格形成に大いに影響を及ぼし、チャレンジ精神を涵養して負けず嫌いの性格を作りあげたであろうことは想像に難くない。利平はその後、埼玉県の与野市（現・さいたま市）に居を構え、独立して埼玉ミシン工業を起業。みずから国産ミシンの製造に取り組むことになり、克巳は旧制青森中学から旧制浦和中学（現・浦和高校）に最後の転校をしたのである。

短歌を作り始めたのは昭和四年の十四歳の時。友人たちと同人雑誌を作って短歌らしいものをさかんに作り、その翌年の暮には当時の浦和中学の国語の教師だった牧水系歌人高橋俊人主宰の「菁藻」に入会した。以後は日曜ごとに会誌の編集や発送などの手伝いに主宰の家に通ったという。その頃、「菁藻」には常見千香夫、星野丑三といった先輩がいた。還暦を過ぎて昭和五十二年四月に発行された『青の六月』という歌集には「菁藻」に掲載された初期の作品から昭和二十二年三十二歳までの作品が収録されている。一部を引いてみる。

工夫等の鉄路にかざすハンマーの揃ひて光る春の午すぎ
冬枯れの池の葦間に朽ち舟の一つ淋しくつながれてあり
射的場の草山かげに咲き残る蒲公英小さく春たけにけり
松の花ここだ咲きをり斑鳩の中門にふる細き雨かな
いなのめの朝を詣づる大御寺庭はひそけくて鳩の羽ばたく

昭和五年、十五歳で作歌を始めた頃の作品である。あとがきに自ら述べているように高橋俊人主宰のもとにこういった少し抒情がかった素直な叙景歌を真面目に作り続けていった。四首目、五首目は昭和七年の作だが、「ここだ」という副詞や、「いなのめの」という枕詞を使うなど、伝統的な短歌の言葉を学んでいこうとしていたことが伝わってくる。さらに作歌を始めてからは廉価であった改造文庫を片っ端から愛読したとある。列挙してあるのは、北原白秋『花樫』、石川啄木『一握の砂・悲しき玩具』、若山牧水『野原の郭公』、島木赤彦『十年』、中村憲吉『松の芽』、窪田空穂『槻の木』、釈迢空『海やまのあひだ』、木下利玄『立春』、斎藤茂吉『朝の蛍』、古泉千樫『川のほとり』、前田夕暮『原生林』、土岐善磨『空を仰ぐ』など。こうして先人の優れた歌集を読みこんでいったということが、後に破調の自由な歌を作っても基本のところでは定型の骨組みをしっかり摑んでいて、短歌の声調というか律呂とか気息を感じさせるのだろう。ここにあげた歌人の中ではことに木下利玄に惹かれ、影響を受けたということだ。

しかし、一方でこの頃から新短歌の雑誌「短歌と方法」や「近代短歌」なども熱心に読み、詩壇の動きにも関心を持って「詩と詩論」を読んだり、北園克衛の詩集『白のアルバム』や堀口大學訳の『月下の一群』、瀧口修造や西脇順三郎のシュールレアリスムの詩論などを読むようになってゆく。となると当然の流れであったろうと思われるのだが、次第に「菁藻」の生ぬるい作風には飽き足りなくなり、自主的に退会してしまったのだった。

鞦韆《ぶらんこ》のおかつぱの少女が笑ふので白の小犬がはね廻るなり
わがのれる電車大きくかあぶしてすなはち強きあさかぜをかんず
唇にあぶさんしみる秋の夜は海中を泳ぐ愉しさにをり

人間らがつまらなくなりて窓隅にひとりでわれはひねくれてゐる
沿線のひつそりとして午あつし兵ら貨物車に輸送《おく》られてゆく

昭和八年、國學院大學の予科に入学した頃の作品である。わずか二、三年の間の事だが、表現はまだ習作の域を出ないまでも対象の描写だけにとどまらず、なにか独自の境地を目指そうとしていることがわかる。『青の六月』巻末の自筆略年譜によると、大学では折口信夫、武田祐吉などに主として短歌古典を、西角井正慶（見沼冬男）に正課としての作歌を学ぶ、とある。古典の勉強にも励んでいたのだ。

窓に少女が笑つてゐるのでその上の雲一片《ひとひら》は桃色となる
てえぶるに截り捨てた腕這ひだして青いけむりをつかみたりけり
石垣の虚白な亀裂、靴の音、まぼろしに沿ふ《(ママ)》て春はあゆみぬ
貝殻は拾ひて捨てぬ　日は青く　胸透《す》けて寒き海へのあゆみ
磨硝子にあつめた景色へするすると三角雲がながれ込みたり

昭和十年からの作品になるともうはっきり後年の克巳短歌の原型が出来つつあることがうかがえる。眼前の景をそのまま描写する、いわゆる写実の方法ではない。一首目、少女

の笑いによって桃色に染まる雲。截り捨てた腕が勝手に這い出して煙を摑むというシュールな二首目。読点を使ったり、一字あけを駆使した三、四首目。五首目もダリの超現実的な絵画のようだ。こういった歌を作りつつ「新芸術派短歌運動」の一環として早崎夏衛、岡松雄などと「短歌精神」を創刊。新短歌に強く関心を持ちながらも定型に拠る新しいポエジー短歌を作っていったのである。

昭和十一年には早くも当時の超結社の新人集団「四月会」に最年少の会員として参加。加藤将之、山口茂吉、佐藤佐太郎など、少し年長の歌人たちと肩を並べてアンソロジーに作品十五首とエッセイ「私の短歌観」を書いている。「短歌は詩の一ジャンルである。ポエジーを喪失した短歌は今日私は短歌と呼ばぬ。（略）三十一音を基準に、その最上の機能を発揮しうる迄、此の詩型を駆使すること。高度のポエジーがこの定型に盛切れぬとは誰のいふことか。三十一音律で新精神に驀進する。これが正しき伝統の継承である。伝統継承とは伝統を今日に活すことである」。克巳の文体は総じて声調が強くストレートで、あたりに忖度しないところがあるが、それにしてもこの物怖じしない積極性には驚くしかない。

昭和十二年、大学在籍中に第一歌集『螺旋階段』を民族社から出版。ここには「菁藻」に入会してからの一千首ほどの作品は割愛し、「短歌精神」以後の作品二百四十七首が精選して収められている。まず、その後記に「われわれ新人の歌集刊行は先づその目的に於て違はねばならぬ。過去の業績を集大成して、自己の短歌生活の記念として刊行する、そんな意味で私は此の集を刊行するのではない。明日の為に、明日の私の方向を見出さんが為に、私は刊行するのである」と記す。先行する前川佐美雄の『植物祭』（昭和5）、石川信雄の『シネマ』（昭11）に次ぐモダニズム短歌として青年克巳は意気軒昂であったのだが、実のところ、歌集代金の用意はまったくなくて、後に八雲書林の創業者となる鎌田敬止が集金にやってきて、父利平が呆れて払ってくれたのだときいたことがある。父親の目に息子はどのように映っていたのだろうか。自らを恃み、前後の見境もなく突き進む姿に若き日の自分を姿を重ねて見ていたかもしれない。余談になるが、長い時を経て、克巳の長男則芳氏が大手の出版社を辞め、ネイチャーライターを目指して自立の道を選ばれた時に、克巳は何も言わず静観していたということだから、加藤家の独立独歩のチャレンジ精神は脈々と受け継がれたということだろうか。

磁器の白に水のごとほつかり花が割れけさの生理をゆすぶつてゐる
ハンチングのおとすかげから傾きて海面はわれの周囲となる
太陽のあたたかいあさ掌《て》にのせし果実のおもみに泪おとしぬ

庭椅子の一脚《いっきゃく》折れたり傾きて葉緑素のなかにわが胸つつこむ

青いペンキはあをい太陽を反射《かへ》すから犬の耳朶が石に躓く

『螺旋階段』から百首に入れなかった歌をひいてみた。自ら「この集は貧しい私の最初の実験である」と言い、「過渡期のこれらの作品から何等かの私の方向を御教示願へれば誠にありがたい次第である」ともあとがきで述べている。そこには一見、謙虚であるように見えながら心の奥の自負心が明らかにうかがえる。「短歌精神」において熊谷武至、宮柊二、児山敬一、常見千香夫、星野丑三などが批評を書いてくれたものの、本人の意気込みに対して既成の歌壇からの反応はさしたることもなく、むしろ詩壇でいくらか注目されたくらいだったようだ。

　昭和十三年、國學院大學を卒業後、埼玉県立川越農蚕学校に奉職。川越に下宿しながら教鞭をとったのだが、大学卒業とともに徴兵免除が切れており、十二月には陸軍二等兵として目黒の輜重兵第一連隊自動車隊に入営することになった。その後はただちに品川駅から出立し神戸港から瀬戸内海を経て大連へ。満鉄に乗せられて北満州の「孫呉」という厳寒の地へ運ばれていったのである。そこから昭和二十年、終戦後九月に復員するまでの足かけ七年間は軍務に服し、短歌はまったく作らなかったと先の『青の六月』後記にある。

戦争が終わってようやく平静を取り戻すと、やはり創作意欲が首をもたげはじめて「菁藻」時代の先輩であった常見千賀夫を訪ね雑誌発行を呼び掛けた。浦和に住んでいた大野誠夫も加わり生まれたのが「鶏苑」（昭21・2）である。これは戦後では新日本歌人協会の「人民短歌」、鹿児島寿蔵の「潮汐」に次ぐ創刊であった。こののち、近藤芳美、福戸国人、中野菊夫、山田あき、小暮政次、山本友一、宮柊二、石川信雄、香川進、前田透などとの「新歌人集団」に繋がってゆく「廿日会」が生まれて戦後短歌の脈動が始まるのである。

克巳が終生目指した短歌はけっして特異なものではない。価値観の多様化した現代においては、その考え方も表現方法ももはや目新しいとは言えないだろう。しかし、長い伝統をもつ短歌形式にいかにして新鮮な感覚を持ち込むか、今に生きていることを実感できるような歌をいかにして生み出せるか、ということに心血を注いだ歌人として特筆するべき歌人であることは間違いない。

最後にさまざまな著作を通して克巳が提唱していた短歌への向き合い方の一端をまとめてみると、「現代に生きた言葉を使う。従来のままの詠嘆・抒情を避け、むしろ拒否する。批評精神を働かせて知的な鋭い感覚をこころがける。意志の力による短歌、意志の美を考える。私小説的な一人称の告白短歌を作らない。定型は大事だが、定型を所与のものとして疑問なく言葉を当てはめてゆくのではなく、そこに新しい内容、新しい自分のリズムを求めつづける。説明的贅肉を削ぎ、本質・本意を表現する」といったところになるだろうか。不肖の弟子ながら、私もあらためて襟を正したいと思っている。

加藤克巳の二十一冊の単行歌集と『全集』、会誌「個性」、「個性」会員による『加藤克巳作品研究』、現代歌人叢書『玄青』、『意志と美』『邂逅の美学』『熟成と展開』他の評論集やエッセイ集、短歌雑誌の特集号、吉村康氏の評伝『歌壇のピカソ』、筒井富栄『加藤克巳の歌』などを参考にさせていただいたことを書き添えておきたい。

著者略歴

久々湊盈子（くくみなと　えいこ）

一九四五年、上海生まれ。高校生時代から短歌を作り同人誌を出していた。一九七六年、「個性」入会。加藤克巳に師事。二〇〇四年の終刊まで運営委員。

二十三歳で結婚後、義父湊楊一郎の俳句誌「羊歯」編集に携わる。歌集に『熱く神話を』『黒鍵』『家族』『射干』『あらばしり』『紅雨』『風羅集』『鬼龍子』『世界黄昏』『麻裳よし』『非在の星』。インタビュー集『歌の架橋』ⅠⅡ、現代歌人文庫『久々湊盈子歌集』『続・久々湊盈子歌集』、鑑賞『安永蕗子の歌』などがある。

加藤克巳の百首

Kato Katsumi no Hyakushu

著　者　久々湊盈子

二〇二四年一〇月一一日　初版発行

発行人　山岡喜美子
発行所　ふらんす堂
〒一八二-〇〇〇二　東京都調布市仙川町一-一五-三八-二階
電　話　〇三（三三二六）九〇六一
FAX　〇三（三三二六）六九一九
URL　https://furansudo.com/
E-mail　info@furansudo.com
振　替　〇〇一七〇-一-一八四一七三
装　幀　和兎
印刷所　創栄図書印刷株式会社
製本所　創栄図書印刷株式会社
定　価　本体一七〇〇円+税

ISBN978-4-7814-1697-7 C0095 ¥1700E

●既刊

定価一八七〇円（税込）

小池　光著『石川啄木の百首』
大島史洋著『斎藤茂吉の百首』
高野公彦著『北原白秋の百首』
坂井修一著『森　鷗外の百首』
藤原龍一郎著『寺山修司の百首』
藤島秀憲著『山崎方代の百首』
梶原さい子著『落合直文の百首』
松平盟子著『与謝野晶子の百首』
大辻隆弘著『岡井　隆の百首』
河路由佳著『土岐善麿の百首』
伊藤一彦著『若山牧水の百首』

（以下続刊）